W0361563

für wolfgang

der du
all das viele glück
und manch schwere last
teilst und trägst
mit mir

mit dir
kann mein traum
wahr werden
vom gemeinsamen altern
in liebe

Dorothee Zachmann

geboren 1967 in Aalen, Diplom-Sozialpädagogin, verheiratet seit 1990, lebt mit ihrer Familie in Pfinztal.

Dorothee Zachmann

... mit der Stimme des Herzens

Gütersloher Verlagshaus

Die Deutsche Bibliothek – CIP-Einheitsaufnahme

Zachmann, Dorothee:
… mit der Stimme des Herzens / Dorothee Zachmann. –
Gütersloh: Gütersloher Verl.-Haus, 1999
ISBN 3-579-02238-5

ISBN 3-579-02238-5
© Gütersloher Verlagshaus, Gütersloh 1999

Das Werk einschließlich aller seiner Teile ist urheberrechtlich geschützt. Jede Verwertung außerhalb der engen Grenzen des Urheberrechtsgesetzes ist ohne Zustimmung des Verlages unzulässig und strafbar. Das gilt insbesondere für Vervielfältigungen, Übersetzungen, Mikroverfilmungen und die Einspeicherung und Verarbeitung in elektronischen Systemen.

Umschlaggestaltung: Beate Nottbrock, Gütersloh,
unter Verwendung eines Originalfotos der Autorin,
© Matthias Kucharz, Aalen.
Satz: Weserdruckerei Rolf Oesselmann GmbH, Stolzenau
Druck und Bindung: Clausen & Bosse, Leck
Gedruckt auf chlorfrei gebleichtem Werkdruckpapier
Printed in Germany

Inhalt

vorwort

Der liebe Gott und sein Engel
blicken vom Himmel auf die Erde herab.
Da zeigt Gott auf eine Frau und sagt:
“Dieser Frau gebe ich ein behindertes Kind!”
Der Engel jedoch fragt bestürzt:
“Aber, Herr,
warum denn ausgerechnet ihr?
Sie ist doch so glücklich und fröhlich!”
Da antwortet Gott mit einem sanften Lächeln:
“Gerade deshalb, mein lieber Engel.
Wie könnte ich einer Frau ein behindertes Kind schenken,
die das Lachen bereits verlernt hat!?”

diese geschichte
habe ich im radio gehört
kurz nach der geburt von jonas
sie hat mich bis heute
stärkend begleitet
und so
möchte ich sie
und das meine
weitergeben
in der hoffnung
auch andere
damit zu beschenken

im april 1999

ein familienfoto

eliane
versteckt ihr vorwitziges grinsen
hinter dem schnuller

maren
unterscheidet sich kaum äußerlich
wäre da nicht ihr charmantscheues lächeln
die zwillinge ein jahr alt
auf unsicheren beinen stehend
lehnen sich an

katharina
die stolz ihre zahnlücke zeigende erstklässlerin
meine stieftochter
die unsere ferien und wochenenden bereichert
hinter ihr

wolfgang
mein geliebter mann
partner und freund
vater meiner kinder
zärtlich schmunzelnd unter seinem schnurrbart
die hand auf meiner schulter ruhend

ich
etwas blaß aber dennoch fröhlichen blickes
den dicken bauch haltend
dem

du
bald entwachsen sein wirst
um unsere familie abzurunden

dein ankommen

der geburt erster teil

nicht wieder
der arzt
mit dem skalpell
während ich
den augenblick
verschlafe

nein

ich
mit meiner
ureigenen kraft
und stärke
und wach
mit allen sinnen

ich habe dich geboren

stöhnend
habe ich geschwitzt
und schmerzen ertragen
von denen ich nicht ahnte
daß es sie geben kann

ich habe
das wunder vollbracht
ein kind zur welt zu bringen

das ist mein geschenk
das ist mein stolz
das ist mein dank

der geburt zweiter teil

du bist da
der sohn
den ich mir wünschte

und er
war bei mir
dein papa
der mann
dem meine liebe gilt

jetzt
da du
noch blutig und erschöpft
zwischen meinen brüsten liegst
zugedeckt
von der wärme unserer hände
schauen wir uns liebend an
schweigend
denn soviel glück
verträgt keinen jubel

der geburt dritter teil

nun laß dich hochheben
und anschauen
mein kind

spannend dieser moment
bis zu unserem ersten augenblick

was ist das
du siehst aus als ob du

nein nein nein
das kann ja gar nicht sein

hey
wo seid ihr denn plötzlich
stolz
dank
und glück
gerade wart ihr doch noch da
kommt zurück
es ist sicher nur ein irrtum

was ist denn jetzt
wer nimmt mir den atem
ihr seid es
schock und schmerz
gefühl der bestrafung

dann ist es wohl wahr
nur dies kann es bedeuten
oh komm
und hülle mich in deinen nebelschleier
du abgrundtiefe verzweiflung

wunschkind

da
bist du
nun also

das kind
das ich mir
gewünscht hatte

und bist
nun so

wie ich
es mir
niemals
wünschte

in der nacht

dunkelheit
ist um mich
dringt in meine poren
füllt mein innerstes

meine augen
halte ich
fest verschlossen
aus angst
ich könnte
beim öffnen
feststellen
daß es
tatsächlich
keinen
lichtblick
gibt

warum

hast du dir
ausgerechnet mich
ausgesucht

wie
soll ich das
bloß schaffen

woher
soll ich
die kraft nehmen

wie
werden die anderen
reagieren

wohin
soll das führen

was
soll nun
aus mir werden

welchen
sinn macht es

verdammt noch mal
warum

nachwehen

der schock
die angst
die bestürzung
der zorn
die enttäuschung
die fassungslosigkeit
das aufbegehren
die resignation
die trauer
das selbstmitleid
die hoffnungslosigkeit
die verzweiflung
der schmerz

und die liebe

entgleist

wäre mir nicht
so eng ums herz
müßte ich schmunzeln
über die
freche selbstverständlichkeit
mit der du
ruhig und zufrieden
auf meinem bauch schläfst

während ich
hellwach
und voller ängste
dich weinend streichle
und nicht weiß
wie es weitergehen soll

schließlich
hast du
von einem moment
zum nächsten
mein leben
vollkommen
aus der bahn geworfen

solche kinder

haben keinen
saugreflex

behauptete
die hebamme

daß du nun
wie selbstverständlich
an meiner brust trinkst
nehme ich als zeichen

gemeinsam
werden wir es schaffen
allen widrigkeiten
zum trotz

wie ein stück fleisch

von wegen
baden
wickeln
anziehen
dann bringen wir ihn gleich wieder

ich ahne
ich suche
und finde

splitternackt
liegst du vor ihnen auf dem kalten tisch
mehrere finger zeigen auf dich
du wirst gedreht und gewendet
bist ihrem
medizinisch interessierten blick ausgeliefert
von dir ist die rede
und doch verstehe ich sie kaum

mir leuchtet ein
daß ihr unterricht nur selten
von solch natürlichem anschauungsmaterial
bereichert werden kann
aber
sie haben nicht gewagt zu fragen
haben mich statt dessen belogen

ich nehme dich zu mir
verlasse empört den raum
ihre mitleidigen blicke
im rücken

ent bindungs station

am besten
sie bringen
ihren sohn
erst einmal
in die kinderklinik
wo er von fachärzten
gründlich
untersucht werden kann
während sie sich
in aller ruhe
von dem ersten schock
erholen können

nein
ich bringe
mein kind
nirgendwohin
nur schnell raus hier
und nach hause
wo es hingehört

die erste zeit
mit dir

schicksalsschlag

erst der schrei
dann das entsetzen
gefolgt von der leugnung
und gleichzeitig die gewißheit

dann das fragen
nach dem warum
die suche
nach erklärungen
im kosmos dessen
was sinn macht

bis zur frage
warum nicht
und dem eingeständnis
daß es keine
satt machende
antwort
geben wird
auf erden

hiobsbote

was ist denn
mit dem kind los
es ist ja mongoloid

entsetzt
entfuhr mir
dieser satz
damals
nachdem
ich dich
das erste mal
ansah

heute
bin ich froh darüber
daß
ich selbst
mir gegenüber
diese wahren
und doch
unglaublichen worte
aussprach

ich glaube
dadurch
blieb mir
und anderen
einiges
erspart

erfüllte prophezeihung

ja
ich erinnere mich
in der
schwangerschaft
mit dir
hatte ich behauptet
du müßtest etwas
ganz besonderes sein
sonst würdest du
angesichts
der attraktiven sensation
deiner zwillingsschwestern
untergehen

aber
so
hatte ich das
doch nicht gemeint

down syndrom

mondgesicht
schlitzaugen
stiernacken
affenfurche
patschhände
stummelfinger
schwachsinn
idiotie

von welch
monströsem wesen
ist in der literatur
nur die rede

frage ich mich
dich liebliches menschenkind
zärtlich betrachtend
mit demselben etikett versehen

kein anlaß

ich hatte
trotz
sorgen
bedenken
und
komplikationen
gleich
zwei kinder
auf einmal bekommen
kerngesund

so
ist mir
während der
nachfolgenden
bilderbuchschwangerschaft
mit nur einem kind
niemals
in den sinn gekommen

daß mit dir
etwas
nicht stimmen
könnte

mutterliebe

ihre geburt
habe ich verschlafen
beim aufwachen
waren sie nicht mehr da
erst nach sechs tagen
konnte ich
meine kinder
sehen und berühren
meine liebe
mußte
nach und nach
wachsen
zu diesen
mir fremden
zwillingen

dich habe ich
aktiv geboren
du lagst von anfang an
in meinen armen
und solltest du
tatsächlich
behindert sein
so weiß ich doch sicher
du bist mein kind
ein teil von mir
deshalb
kann ich dich
liebend annehmen
so wie du bist

erfüllung

ich habe
eine stieftochter
eineiige zwillingstöchter
und
einen sohn mit geistiger behinderung

schließlich empörte sich mutter
ja damals immer schon
mit einer gewissen prise stolz

kind
du mußt
natürlich
mal wieder
völlig
aus der reihe
tanzen

chromosomenanalyse

sämtliche
hoffnungen
auf einen irrtum
sind nun
gänzlich erloschen

obwohl
ich es
in meinem
tiefsten innern
von beginn an
wußte
hielt ich gerne fest
an den zweifeln
der diagnose

die hiermit
schwarz auf weiß
vernichtet sind

deine drei schwestern

noch
bist du
das süße baby
dem ihre
herzen zufliegen

ein säugling
wie jeder andere
und doch
einzigartig

was aber
wenn sie
dein anderssein
bemerken

werden sie
auch einen
behinderten bruder
lieben können

herzens-angelegenheiten

diagnose herzfehler

obwohl
meine arme
dich tragen
bist es
du
der mich hält
und davor bewahrt
entweder
aus lähmender angst
zu fallen
oder
aus magischer anziehung
der verzweiflung
zu springen
in den
bodenlosen abgrund
der sich
soeben
vor mir auftut

visite

ach wissen sie
das ist wie bei
einem kaputten fahrradschlauch

hat der ein winziges loch
strömt die luft nur langsam aus
und man kommt noch ein paar meter weit

sind jedoch
zwei große löcher darin
und die ventile auch noch undicht
dann geht gar nichts mehr

am besten
man schmeißt den reifen
dann gleich auf den müll
und besorgt sich einen neuen

danke herr doktor
für diese plastische erläuterung

nun habe ich endgültig
das ausmaß
seiner erkrankung verstanden

gestatten sie mir
angesichts ihrer so kostbaren zeit
dennoch eine letzte frage

wo bitteschön
gibt es den laden
der mir für meinen sohn
ein neues herz verkauft

acht monate

sind vergangen
seit der diagnose
deines herzfehlers

eine zeit voll
geklammerter hoffnungen
kaum zu glaubender verheißungen
enttäuschender rückschläge
bedrohlicher unsicherheit

bis hin
zur bitteren wahrheit
ungeschminkt und schonungslos
unaufschiebbar akut

nun steht fest
eine operation
ist die einzige chance
dich
am leben
zu halten

tränen der einsamkeit

im zug
mit dir
auf dem weg
in die spezialklinik
800 km
von unseren liebsten
entfernt

fühle ich mich
so allein
hilflos
und schwach

und weiß doch
daß ich nun
für eine lange
schwere zeit
besonders
stark sein muß

krankenhaus

du
bist der
patient

für mich
gibt es
keinen platz
geschweige denn
ein bett

nun
so werde ich
auf einem holzstuhl
zwischen
sechs säuglingsbetten
sitzen

denn
ich habe nicht vor
dich allein zu lassen
und dir
das nächtliche stillen
zu verweigern

wo du es hier
mehr denn je
brauchen wirst

denn
du
bist der
patient

herz der klinik

schau
mein kind

diese große marmorne
eingangshalle
mit den sanft plätschernden
springbrunnen
den meterhohen echten
palmen
und den freundlichen uniformierten
empfangsdamen

all das
soll wahrscheinlich
einen ausgleich bieten

zu
deinem sterilen
sechsbettzimmer
dem hektisch routinierten
treiben
und dem fehlenden raum
für spiele und begegnung
auf der
kinderstation

wahrscheinlichkeitsrechnung

in anbetracht
deines schwerwiegenden herzfehlers
der operativ korrigiert werden soll
ist eine statistisch angegebene
erfolgsquote von 60 %
doch eine ganze menge

liegt es daran
daß ich
zu zahlen
noch nie
ein gutes verhältnis hatte

oder
was ist der grund
für das
ständige zittern
in meinen knien

herzoperation

ich hatte
dir zuvor
all meine kraft
in liebe gegeben
um dich
stark zu machen
für den
entscheidenden moment

mir selbst
blieb nur
die bedingungslose hingabe
in grenzenlosem vertrauen
an kräfte
die weitaus stärker sind
als ich

um nicht
an meiner
mich würgenden
angst
zu ersticken

fahrstuhl zum op

die beiden
sich schliessenden
eisenteile
durchtrennten
unseren blick
und schnitten
dein
qualvolles weinen ab

nun endlich
brauche ich
keine kraft mehr
für dich zu haben

und während ich
erleichtert spüre
wie das lang
zurückgehaltene schluchzen
meinen körper
in die knie zwingt

formt mein hirn
die nun einzig wichtige frage

werde ich dich lebend wiedersehen

ausgeliefert

die sechs stunden
deiner operation
dauerten
wie eine ewigkeit

so
verlor
der begriff
zeit
für mich
jede bedeutung

das
warten
war ein zustand
der grausamkeit

und
das wort
ohnmacht
wurde zur
lebendigen erfahrung

luftsprung und verbeugung

du hast überlebt

ja
du lebst

mehr noch
du darfst weiterleben

erleichterung
macht mich sinken

freude
läßt mich weinen

unendliche dankbarkeit
erfüllt mein herz

zwischen tür und angel

der fahrstuhl
auf dem
krankenhausflur
war keineswegs
ein besinnlicher ort
für unsere trennung

es hätte ja
auch
ein abschied
für immer
sein können

es geht mir nicht um samthandschuhe

taktlosigkeit
im stundentakt

gefühlskälte
beherrscht das klima

warum
so frage ich mich erneut
beinhaltet
die medizinische ausbildung
anscheinend
keine unterrichtseinheit
die die lernenden lehrt
mit all dem
wissen im kopf
dennoch
herz zu zeigen

anstrengender alltag voll liebe und schmerz

dein lebensmotto

auf dem bauch
rudernd
bewegst du dich vorwärts

kaum hast du
vor anstrengung schwitzend
dein ziel erreicht
und kannst zu deinen geschwistern
ins zimmer blicken
blitzt dir auch schon der schalk
aus den augen

dein blick
spricht für sich

auch wenn ich kleiner und langsamer bin
auch wenn ich nicht alles verstehen kann

ich will immer wissen
wo was los ist

ich will immer
dabeisein

ich gehöre
dazu

während du schläfst

wieder
stehe ich
an deinem bett

betrachte deine
mir so vertrauten züge

und spüre
in jeder
körperzelle
wie
untrennbar
miteinander
verwoben
liebe und schmerz
doch sind

die ersten schritte

18 monate alt
wagst du
aus eigener kraft
den schwierigen versuch

nimmst
die herausforderung mutig an
dich auf zwei beinen fortzubewegen

zu einem zeitpunkt
an dem keiner
bei dir
damit gerechnet hat

ich bin so stolz auf dich

immer wieder

ich wünschte du hättest nicht
ich wünschte du wärest
ich wünschte du würdest nicht
ich wünschte du könntest

ich wünschte ich hätte
ich wünschte ich wäre nicht
ich wünschte ich könnte
ich wünschte ich würde nicht

aber dann
wärest
du nicht du
und ich nicht ich

keine fahrkarte

in den momenten
in denen
ich nicht verstehe
was du
mir sagen willst

fühle ich
deinen schmerz
des unverstandenseins

und wünsche mir
aufs neue
du könntest
mich mitnehmen

auf die reise
in deine
mir fremde
gedankenwelt

treuer begleiter

ich war überzeugt
daß er
einmal durchlebt
und ausgehalten
in all seiner heftigkeit
genau dadurch
überwunden ist

bis ich erfuhr
daß derselbe
nicht nur
rhythmisch wiederkehrt
sondern durch
sich stets neu öffnende
türen eintritt
und auch
in seiner tiefe
sich noch steigern kann

doch eines ist mir
dabei trost
er wird mir
immer vertrauter

mein schmerz

was zählt

ich bräuchte
stärkere arme
dich zu halten

drei paar augen
dich nie aus dem blick
zu verlieren

schnellere beine
dich vor der gefahr
zu retten

mehr entspannung
die anstrengung
besser zu verkraften

ruhige tage
die unruhigen nächte
durchzustehen

mehr geduld
dir deine zeit
zu lassen

noch vieles mehr
um dir
gerecht zu werden

all dies habe ich nicht genug

doch was ich dir reichlich geben kann
ist meine liebe
die mich dich tragen läßt

gleichgewicht

dir
zu geben
was du
mehr
brauchst

und dennoch
deinen schwestern
nicht zu nehmen
was ihnen zusteht

ist für mich
ein täglicher
balanceakt

bei dem
ich oft
danebentrete

zwillinge

wie gut
daß ihr
euch beide
habt
das ist mir
echter trost

denn so
gleicht ihr
einander
wenigstens
stückweise aus
was euer
behinderter bruder
euch nimmt

und was
an mir wäre
einer jeden
von euch
zu geben

geistig behindert

wahrlich
deine kognitiven fähigkeiten
entsprechen
längst nicht
denen
eines gleichaltrigen kindes

aber wie
soll ich mir dann
deine
sensationellen ideen
und genialen einfälle
erklären

wenn es dir
darum geht
neuen unfug
auszudenken

altersgemäß

du verabscheust
salat
zähneputzen
und
ins bett müssen

du liebst
vanilleeis
fernsehen
und
musik in voller dröhnung

im grunde
unterscheidest
du dich
also nicht
von anderen kindern

fast wortlos

immer wieder erneut
versetzt du mich
mit deiner rasanten
motorischen entwicklung
ins staunen

nun
wird es aber
höchste zeit
mir meine
enttäuschung
einzugestehen
daß dies nicht
für dein
sprechenlernen gilt

um dir nicht
mit einer
zu
hoffnungsvollen
erwartungshaltung
gegenüberzustehen

die dir
vielleicht
die motivation raubt
und dich
einem spiegel gleich
deine grenzen
schmerzlich
erkennen läßt

am zebrastreifen

weit und breit
ist kein fahrzeug in sicht
aber du
wartest geduldig
mit dem
überqueren
der straße
bis
ein auto naht
dem du dann
freudig
zeichen gibst
damit es
extra für dich
stehenbleibt

unterwegs

nichts
ist vor deiner
neugierde sicher
nichts
entgeht deinem
geschärften blick
nichts
was nicht dein
interesse weckt
nichts
davon läßt du
dir entgehen
nichts
vermag dein tempo
zu beschleunigen
nichts
scheint dich von deinem willen
abbringen zu können
nichts
erscheint dir wichtiger
als der moment
nichts
kann dich vom einhalten
eines zeitplanes überzeugen

nichts
nervt mich so sehr
wie dieses tägliche drama

wie alt bist du

sechs monate
meint die einsichtsfähigkeit
etwa ein jahr
schätzt der schließmuskel
so um eindreiviertel
sagt die sprache
gerade mal zwei
entscheidet die vernunft
ach was schon drei
ist sich die geschicklichkeit sicher
ja genau find ich auch
stimmt das soziale verhalten zu
nein auf jeden fall vier
läßt die grobmotorik verlauten
exakt fünf jahre und sieben monate
rechnet der kalender vor
alles quatsch mindestens acht
behauptet die selbsteinschätzung

ja was stimmt denn nun
fragt das gegenüber
jedes für sich
stellt die beobachtung fest
von allem etwas und noch viel mehr
verrät deine ausstrahlung

standpunkt

du bist
hartnäckig
stur
dickköpfig
tyrannisch
und
bockig

oder

du hast
eine große gabe
dich leidenschaftlich
und kraftvoll
für etwas einzusetzen
das dir sehr
am herzen liegt

kleiner großer ausreißer

mit erstaunlicher cleverness
erfaßt du die gunst
des augenblicks

neugier
schier unstillbar
treibt dich an

hindernisse
weißt du dir
aus dem weg zu räumen

die mangelnde fähigkeit
die folgen deines tuns abzuschätzen
läßt dich munter weiterschreiten

angst
ist dir nahezu unbekannt

so
nützt du jede
sich dir bietende gelegenheit
um in aller seelenruhe
auf entdeckungsreise zu gehen

während uns
voller sorge
auf der suche nach dir
das herz bis zum hals schlägt

der ganz normale wahnsinn

erbsen kullern auf den boden
fleisch steckt in der eckbankritze
braune sauce sickert ins polster
apfelsaft tropft von der wand
kartoffelbrei klebt unterm tisch

wie könnte es mir jemals
etwas ausmachen
nach jeder mahlzeit
deine spuren zu beseitigen

zeugen sie doch schließlich
von der überschwenglichen begeisterung
mit der du
ganz in deinem element
die lebensnotwendige
nahrungsaufnahme
zu einem
ausladenden fest der sinne
werden läßt

energieressourcen

wenn
ich
mit
meiner
kraft
am
ende
bin
hast
du
noch
nicht
einmal
deine
reserven
beansprucht

trotzanfall

nun
bist du
sechs jahre
mein sohn

und
weißt du
was der
einzig wesentliche
unterschied ist
zwischen dir
und einem
brüllenden zweijährigen

dessen drittel gewicht
das sich
leichter
unter den arm
klemmen läßt

mein kleiner

so sehr
ich es
zuweilen
verwünsche
nach so langer Zeit
immernoch
diesen pflegeaufwand
betreiben
zu müssen

so sehr
ich manchmal
ungeduldig
auf einen weiteren
kleinen fortschritt
von dir
warte

so sehr
ich mich
nach deiner
selbständigkeit
sehne

so sehr
genieße ich es
aber auch
in dir
noch
mein baby
zu haben

plötzlich fällt mir auf

daß du keinen teller mehr
aus protest vom tisch fegst
der gewohnte tobsuchtsanfall
beim anziehen ausbleibt
keine videos mehr
die treppe runterpurzeln
und
das badezimmer
nun schon drei tage hintereinander
nicht überschwemmt war

herzlich
willkommen
in einem neuen
entwicklungsabschnitt

zweierlei sicht

parken am rande des großen platzes
die noch nicht zu ende gehörte kindercassette

aus dem auto aussteigen
fangmichdochdabinichdoch

20 schritte bis zur straße
eine zerbeulte rot leuchtende blechdose
im gebüsch und brennesseln die weh tun

überqueren des fußgängerüberweges
am zebrastreifen warten bis ein auto kommt

150 meter auf dem gehweg entlang einer häuserreihe
verlockende wasserpfützen
sieben zigarettenstummel
und diverse papierschnipsel auf dem boden
ein unverschlossenes gartentor
das einladende dreirad dahinter
eine zeitung die aus dem briefkasten hängt
am straßenrand geparkte autos
in verschiedenen farben und formen
die man streicheln kann
das dreckige stöckchen
mit dem sich die hauswand bemalen läßt
das abgestellte fahrrad mit mickeymousehupe

sechs stufen hoch zum ziel
ein treppengeländer zum turnen
die bunten blumen im kübel voller erde
vier klingelknöpfe

am rande des spielplatzes sitzend

beobachte ich
bedauernd
das kleine mädchen ängstlich davonlaufen
vor deiner etwas ungestümen art
auf sie zuzugehen

enttäuscht
wie die großen jungs dich fortschicken
weil du ihnen lästig bist

erleichtert
daß ein fremdes kind
sich für dich interessiert

freudig
wie dieser gleichaltrige
dich aufmunternd zu sich ruft

argwöhnisch
daß er dich
für seine zwecke mißbraucht

zornig
daß der junge sich darüber amüsiert
einen dummen gefunden zu haben

betrübt
wie du seine absicht fehldeutest
und dich daran erfreust gebraucht zu werden

schmerzlich
daß du sein hämisches grinsen
nicht einmal bemerkst

bei uns im dorf

ähnlich
einer aussätzigen im mittelalter
behandelt zu werden
war meine befürchtung

doch
habe ich
weder
die erfahrung gemacht
daß man
mit dem finger auf mich zeigt
noch
den kontakt zu mir meidet

seit ich
ein behindertes kind habe

raritát

ich glaube
angesichts von
belastungen
in der familie

nehmen
viele männer
sich zurück

und
nur wenige
nehmen
ihren platz ein
mit ganzem herzen

wir haben glück
er
gehört zu den
ausnahmen

einer
der vielen gründe
weshalb
ich ihn liebe

deinen vater

zerreißprobe

ich weiß nicht
ob ihr
mir jemals verzeihen werdet

daß ich
oft von euch erwarte
ganz einfach
zu funktionieren
mich wenig zu brauchen
pflegeleicht
und selbständig
zu sein

damit ich
meine kraft
für euren
anstrengenden bruder
mit behinderung
aufsparen kann

vom
fach

richtigstellung

es gibt nicht
d a s
down syndrom

wohl aber
einzigartige menschen
die
unter anderem
mit äußerst unterschiedlicher
ausprägung
ihre
in allen farben schillernde
persönlichkeit
in die gleiche
form
der behinderung
gießen

privatsphäre

seit
deiner geburt
haben viele
fachleute
in unser familienleben
einblick erhalten
und über dich
gutachten verfaßt

wüßte ich es
nicht besser
ich würde mich
direkt freuen

über soviel
interesse
am mitmenschen

im wartezimmer

und wieder
fühle ich mich verpflichtet
dankbar zu sein
all den vielen
ärzten
pädagogen
therapeuten
die mein kind
untersuchen
fördern
behandeln

die meisten
dieser menschen
sehen nur
einen klitzekleinen ausschnitt
aus deinem leben
manche begleiten dich ein stück

sie
fällen entscheidungen
die deine zukunft betreffen
und geben eine richtung vor
die du gehen sollst

im unterschied zu mir
scheinen sie alle
genau zu wissen
wo es lang geht

elterninitiative

allein
die gemeinsamkeit
ein behindertes kind
zu haben
ist unsere verbindung
an einem strang zu ziehen

um unseren zielen
schritt für schritt
näher zu kommen

ist es auch
eine dünne basis
so muß sie
tragfähig
genug sein

unsere
gegenseitige abhängigkeit
und das
aufeinander angewiesensein
darauf aufzubauen

vorsicht

fördern
fördern
fördern

führt leicht
zu überforderung

besonders
wenn
der motor
dafür
die unbewußte hoffnung ist

die behinderung
wegfördern
zu können

empfehlung

krankengymnastik
zusätzlich zur wöchentlichen therapiestunde
täglich nur etwa 20 minuten
übungen zuhause

ergotherapie
zusätzlich zur wöchentlichen therapiestunde
täglich nur etwa 20 minuten
übungen zuhause

logopädie
zusätzlich zur wöchentlichen therapiestunde
täglich nur etwa 20 minuten
übungen zuhause

schluß
mit der
co therapeuten rolle

ab heute
bin ich
nur noch
deine mutter

kunststück

ganze 14 minuten
war der herr
vom medizinischen dienst
der krankenkasse
in unserem haus
zur bestimmung der pflegestufe

sicherlich
hatte er eine unsichtbare
röntgen ultra laser schall brille
auf

ganz bestimmt
ist er
super fach mann kapazitäten spezialist

oder besser noch
selbst betroffener

denn
wie sonst
könnte er dich
und unsere familiensituation
angesichts dieser kurzen zeit
richtig einschätzen und beurteilen
um eine
so weitreichende entscheidung
für dein
und unser
leben zu treffen

profession

für einige
bist du
nur forschungsobjekt
oder
eine nummer auf dem papier

doch jenen
deren interesse
von herzen kommt
und die
dich
in achtung und zuneigung
fördern
schenke ich
mein vertrauen
und meinen dank

und du
dein strahlendes lachen
samt einem sehr feuchten kuß

die besten therapeutinnen

die logopädin
lehrt dich
das sprechen

die krankengymnastin
bringt dir
bewegungsabläufe bei

der ergotherapeut
zeigt dir
was feinmotorik ist

die heilpädagogin
sorgt für deine
integrative eingliederung

und deinen schwestern
machst du
alles nach

sozialisations-institutionen

ab sonderlich

bei meinen töchtern
selbstverständlichkeit

bei dir
ein schmerzliches ringen
oder gar
ein utopischer wunsch

das
dazugehören

im regelkindergarten
und
in der grundschule

bei uns im dorf

nicht die regel im regelkindergarten

weil ich es gerne
als normal betrachten würde
will ich nicht
vor dankbarkeit zerfließen

darüber daß
die erzieherinnen
mein behindertes kind
in ihre gruppe
aufgenommen haben

und doch
weiß ich
daß es weder
selbstverständlich
noch einfach ist

aber
von ganzem herzen danken
kann ich
für ihren liebevollen umgang
ihr engagiertes interesse
ihre überzeugung
die richtige entscheidung
getroffen zu haben

und besonders
für den platz
den sie jonas
in ihren herzen
eingeräumt haben

im kindergarten

unter 80 kindern
bist du das einzige
mit behinderung
und gehörst
ganz einfach
dazu

es gibt
nichtbehinderte
kinder
die sich
weitaus
behindernder
verhalten
als du

ganz normal

für dich
ist es
selbstverständlich

ich dagegen
muß meine tränen
der rührung
zurückhalten

wenn er wieder
am fenster steht
und ungeduldig
nach dir
ausschau hält

dein erster freund

keine alternative

wäre der preis
hier alles aufzugeben
uns nicht zu hoch

wir hätten schon längst
die koffer gepackt
und wären umgezogen
in ein anderes bundesland

in dem
integration
kein fremdwort
mehr ist

so aber
müssen wir uns
mit den hier
begrenzten gegebenheiten
arrangieren

und abschied nehmen
von dem wunsch
dich
mit deinen freunden
zur selben schule
schicken zu können

deine einschulung

es gibt
keine lösung
die nicht
einen hohen preis fordert

bleibt
bei der entscheidung
nur noch die frage
wer
ihn bezahlen muß

ganztägige sonderschule

nicht
aus überzeugung
das beste
für dich
zu tun
sondern
aus notwendigkeit
deinen schwestern
den ihnen zustehenden
platz zu geben
und uns selbst
wieder mehr
raum zu nehmen
haben wir
diese entscheidung
getroffen

dein
geschenk

in die wiege gelegt

manchen
menschen
gelingt sie
ihr leben
lang nicht

andere
versuchen
sie sich
in langen jahren
harten ringens
anzueignen

dir
ist sie
als geschenk
gegeben

die kunst
sich selbst
zu lieben

respekt

du bist
der einzige mensch
dessen
schadenfreude
mir
nicht weh tut

weil sie
nicht
verletzend ist

keine kompromisse

was du tust
das tust du ganz
es gibt für dich
kein zwischendrin
entweder oben
oder ganz unten
ja oder nein

das ist es
was es mir
mit dir
oft schwer macht
aber
das ist es auch
was ich so
an dir liebe

deine
absolut unbestechliche
leidenschaftlichkeit

neue diagnose

deinen proportionen
deiner gangart
deinem wesen
und
dem ständigen
loch in deiner hose
nach
zu urteilen

müßte man
die behinderung
umbenennen

in das
jim knopf syndrom

friedenspolitik

die welt
hätte ein viel
freundlicheres
gesicht

gäbe es
mehr menschen
mit deiner gabe

dem anderen
ein lächeln
zu entlocken

das seinen
wohnsitz
in der seele hat

marktlücke

könnte man
aus deinem
lächeln
eine substanz
gewinnen
die sich
kosmetisch
verarbeiten ließe
so wärest du
bereits heute
millionär

vermagst
du doch
damit
so manch
verknittertes
gesicht
zu glätten

star aus leidenschaft

völlig
ungeschminkt
ungehemmt
und
ungeprobt
betrittst
du jede
dir sich bietende
bühne
und bereits
mit deinem ersten
charmanten
und doch so
verschmitzten
lächeln
gewinnst du
alle herzen
im saal

meins vorneweg
schließlich
war ich
dein erster
fan

multitalent

so mancher
schauspieler
clown
pantomimiker
entertainer
könnte noch
etwas lernen

von deiner
fähigkeit
gefühlen und stimmungen
unmißverständlichen
ausdruck
zu verleihen

schade
für hollywood
wird es wohl
nicht ganz reichen

du wärest sicherlich
ein gewinn

denn künstler
mit deiner
herzensweite
sind dort
mangelware

keine chance

mit
deinem
offenen
freien
so direkten
charmanten
fröhlichen
verschmitzten
strahlenden
liebevollen

hallo

hast du bisher
fast alle
fremden
voreingenommenen
mißtrauischen
ängstlichen
unsicheren
ablehnenden
distanzierten
starrenden

blicke
entwaffnet

verkehrte welt

du
der du
als
eingeschränkt
gilst
besitzt
die gabe
ganz und gar
zu lieben

ohne
jede
einschränkung

aneinander vorbei

seltsam
daß
manche
menschen
einen
weiten bogen
um dich
machen

wo
du selbst
doch so
geradlinig
bist

wegbegleiter

babba

gibt es
noch
einen vater
der
sein kind
annimmt
wie es ist
und
so sehr liebt
wie er dich

ich habe bisher
keinen zweiten
entdeckt

jare und ejare

vor
den großen
wild tobenden kerlen
wirst du
der kräftig gebaute
und eigentlich stärkere
umringt von
zwei zierlichen mädchen

deinen zwillingsschwestern
maren und eliane
deren blick
die eigene angst verrät
zurückgedrängt
von mutiger entschlossenheit
dich zu beschützen

maren

mama
weißt du was

ich glaube
der gott
hat
den jonas
so arg lieb
wie
ich ihn lieb hab

auch
wenn er
behindert ist

eliane

wenn
der joni
nicht
behindert wär

dann
wär er
nicht so süß

und dann
hätt ich
ja nur
einen
ganz normalen
bruder

aga

vielleicht
weil sie
nicht bei uns wohnt
bist du
so außer dir
vor freude
wenn
katharina
kommt

und
weichst ihr
dann kaum
von der seite

ich
stimme dir
vollkommen zu

sie ist
wirklich
die beste
und liebevollste
babysitterin
der welt

ami und abi

dafür
daß sie dich
von anfang an akzeptierten

dafür
daß sie dich
sein lassen wie du bist

dafür
daß sie dich
ebenso lieben
wie deine schwestern
und alle ihre enkelkinder

dafür
danke ich ihnen sehr

und nicht nur
dafür
liebe ich sie

meine eltern

der clown

auf dem flohmarkt
vor ein paar jahren
lächelte er mich an
und schien zu sagen
nimm mich mit für ihn

tatsächlich
war es liebe
auf den ersten schmuser

gelenkig wie du
schelmisch wie du
rundlich wie du
ist er dir erstaunlich ähnlich

dein schmerz ist auch seiner
und so sorgst du
tröstend mitfühlend dafür
daß seine wunden mit creme
großzügig eingerieben werden

er wurde dir
bettgefährte
krankenhausbegleiter
kindergartenkumpel
sorgenteiler
verläßlicher partner
in allen lebenslagen

er ist
dein bester freund
aus stoff

ungewißheit
zukunft

entwicklungskalender

auf deinem
nächsten
geburtstagskuchen
werden
sieben kerzen brennen

ob
du dann
sprechen kannst

noch immer
windeln brauchst

und
das fläschchen
in der nacht

was ist
mit dem buggy
kann der
dann endlich
in den sperrmüll

damoklesschwert

alles konnte
wunderbar
repariert werden
damals
vor fast sechs jahren

bis auf
diese eine
herzklappe

sie will bis heute
nicht recht dicht sein

und bringt deshalb
unsere herzen
immer wieder
ganz schön
zum klappern

maßstab

ja
es stimmt
du bist
tatsächlich
behindert

ich frage
mich nur

ob durch
das down syndrom
oder durch
unsere gesellschaft
in der
anderssein
nicht normal ist

überraschungspaket

obwohl ich
phantasievoll bin
reicht mein
vorstellungsvermögen
nicht aus
was
deine zukunft
anbelangt

bleibt mir nur
mich
möglichst entspannt
zurückzulehnen
meine ängste
fragen und sorgen
in eine kiste zu packen

und diese
vertrauensvoll
in die hände dessen
zu legen
der unser aller
schicksal kennt

gedankengang

ob
du jemals
so
entwickelt und gereift
sein wirst
um
selbständig leben
zu können

ich wünsche es
für uns beide

wenn
die zeit gekommen ist
werde ich dich loslassen
und nicht bei mir halten

denn
auch du
sollst deinen weg gehen
und
mir den meinen lassen

ich glaube
nur
indem wir uns
einst trennen
können wir
miteinander
auf immer
in liebe
vereint bleiben

herausforderung
schicksal

bestimmung

bei deiner
zeugung
hat gewiß
der moment
den atem
angehalten
im angesicht
des suchens
und sich findens

ein winzigkleiner
ausschnitt
des lebens
und doch
großartig genug
um zu
entscheiden

dein werden
dein anderssein
dein schicksal

und somit auch meins

nur die halbe wahrheit

der
medizinische begriff
trisomie 21
verheimlicht
etwas wesentliches

nicht nur
das eine
chromosom

du hast
so vieles
mehr

versäumnis

als
gott
entschied
dich
mir
zum geschenk
zu machen
hat er
wohl vergessen
dir
eine
extraportion nerven
für mich
miteinzupacken

begrenzt

zuvor
eine leise ahnung
in mir

seit
es dich gibt
eine kummervolle
und gleichsam
erleichternde
unausweichliche
erkenntnis

daß
meine kräfte
nie
ausreichen werden

meer des lebens

mein ganzes dasein
vollzieht sich
wie wellen
in fließender bewegung

so weiß ich
daß nach jedem
sog
der schwere
der mich
in die tiefe zieht

eine woge
der leichtigkeit naht
die mich
nach oben treibt

schwungvoll genug
dich mitzutragen

mein lehrmeister

alle zeit der welt
scheint dir zu gehören

sorgen und ängste
plagen dich nicht

ungeduld
ist meine schwäche

gelassenheit
mein erstrebenswertes ziel

und da frage ich noch
warum ausgerechnet
ich
dich
als kind bekam

na und

ja
ich habe
ein behindertes kind

aber
sollte mich
diese tatsache
an der lust
des lebens
be hindern

eine mir oft gestellte frage

hast du
es vorher gewußt

inzwischen
höre ich daraus
die nicht
ausgesprochenen
aber eigentlich
beabsichtigten
worte

hättest du
dieses kind abgetrieben

ich kann
sie nicht beantworten
denn
das schicksal hat mich nie
vor diese frage gestellt

und dafür
bin ich ihm
sehr dankbar

reifungsprozeß

ungeahnte kräfte in mir entdecken
wesentliches von unwichtigem unterscheiden
schmerz in aller tiefe zulassen
mich stark machen und das meine vertreten
menschen unvoreingenommen begegnen
träume lebendig werden lassen
meine grenzen anerkennen
die pure freude am sein lustvoll genießen
ohne bedingungen lieben

all dies
habe
ich
durch dich
gelernt

bereicherung

du hast
an meinen horizont
einen regenbogen
gemalt

und somit
mein leben
um so
vieles
bunter gemacht

danke
daß es
dich
gibt

jonas

abschließend

Wie kannst du ein Buch über Jonas schreiben wollen, wo er doch erst sechs Jahre alt ist?
Diese Frage wurde mir mehrmals gestellt. Ich will sie hier gerne beantworten.
Ich teile die Idee nicht, daß etwas abgeschlossen sein muß, bevor man davon erzählen kann. Wann könnte ich schon behaupten, am Ziel angekommen zu sein? Gerade das Mitten-in-der-Entwicklung-stecken ist mir Motor für meine Texte.
Jonas ist noch ein kleines Kind und hat hoffentlich noch ein langes Leben vor sich, das ich gerne mit ihm teilen möchte. Und vielleicht gibt es irgendwann wieder neue Impulse, die mich drängen, darüber zu schreiben.
Ich freue mich auf den Weg, der noch vor mir liegt, auch wenn mir Richtung und Ziel nicht bekannt sind. Jonas ist ein wesentlicher Teil von mir, gehört zu meinem Leben, ebenso wie Maren, Eliane, Wolfgang und Katharina und andere mir am Herzen liegende Menschen. Die Behinderung meines Kindes ist ein zentrales Thema für mich, aber nicht mein Lebensmittelpunkt, um den sich alles dreht. Und so soll es auch bleiben.
In erster Linie betrachte ich mich als eine Frau, die ihren eigenen Weg geht, mit offenem Blick über die Wunder des Lebens staunend.

Ich möchte an dieser Stelle einigen Menschen meinen Dank ausdrücken:
allen voran meinem Sohn Jonas, ohne den diese Texte nie entstanden wären; ganz besonders Wolfgang für seine konstruktive Kritik und seinen unerschütterlichen Glauben an mich und meinen Traum; Maren und Eliane für manch genialen Impuls und für ihr begeistertes Teilen meiner Freude über jeden kleinen weiteren Schritt; Katharina für ihre wertvollen Anregungen; Heike, Thomas, Matthias, Jutta, Andrea, Uscha, Tina, Gabriela und all den anderen Freunden danke ich von ganzem

Herzen für ihre Bestärkungen, die Texte nicht in der Schublade verschwinden zu lassen. Ein ganz dickes Dankeschön gilt Frau Christel Gehrmann, meiner Lektorin, die mich auf dem spannenden Weg vom Manuskript zum Buch so liebevoll begleitet hat.

Ich wünsche mir, daß meine Zeilen einen Gedankenanstoß geben können, der bewirkt, Menschen mit mehr Achtung zu begegnen, Behinderten und deren Angehörigen selbstverständlich auch.
Es war mir ein Anliegen des Herzens, das Einfühlen in ein fremdes Schicksal zu ermöglichen, und ich hoffe, daß mir das hiermit gelungen ist.
Anderen Betroffenen möchte ich mit diesem Büchlein Mut machen, die herausfordernde Aufgabe, die uns anvertraut wurde, in Liebe anzunehmen.
Ich wünsche Ihnen viel Kraft und liebevolle Mitwanderer auf Ihrem Weg!
Übrigens: ich freue mich über Rückmeldungen zu diesem Band.

Danke!
Herzlichst,

Dorothee Zachmann
Wesostr. 56, 76327 Pfinztal